JN056289

ウクライナ、地下壕から届いた俳句

The Wings of a Butterfly

ウラジスラバ・シモノバ 著
黛まどか 監修

ウクライナ、地下壕から届いた俳句

The Wings of a Butterfly

Butterflies are as fragile, small and beautiful as haiku are.
And their wings always remind me of book pages.
I feel like poetry is similar to a flying butterfly.
So I always wished my haiku could fly far far away.

蝶は俳句のように、繊細で小さく、美しい。
蝶の羽はいつも本のページを思い起こさせる。
私にとって詩は舞う蝶のように感じます。
そして私はいつも自分の俳句が
遠くへ羽ばたいていくことを願っています。

親愛なる読者の皆さんへ

もしあなたがこの本を手に持っているなら、それは私の願いが果たせたことを意味します。私はなんとか自分を信じ、自分のしていることを信じることができました。この最初の句集は、10年間続いた私の旅の結果です。

2013年12月、14歳のとき、心臓の病気で入院していた病院で誰かが置いていった本を手に取りました。それは様々な分野の詩を取り上げた本で、日本の俳句が私の目に留まりました。俳句が短い言葉の中に多くの意味を込めることができることに感動しました。そしてこれは印象を留めることができる素晴らしい方法だと気づきました。まるで写真を撮るように、しかもより鮮明に、より深く。

その偶然がきっかけで、私は俳句を始めました。初期の俳句は未熟な出来で、私はあまり真剣に取り組んでいませんでした。それはどちらかというと、私の周りの美しいものを詩の形式で書き留めた短いメモのようでした。俳句ごとに作成年月日を記していたので、それらを書き溜めたノートは個人的な日記のようでした。

しばらくして、ロシア語に翻訳された日本の古典俳句についての本を見つけ、日本の美学や世界観をより深く学びました。そこで俳句の即興性に惹(ひ)かれました。情景の一部を描き、ほのめかすことで、その句を読んだ人の想像の中で、まるで花の蕾が開くように多面的なシーンが展開されます。その瞬間、俳句の素晴らしさ、奥深さを感じるのです。

私は国際的な俳句コンテストに何度か応募しました。2018年には第7回日露俳句コンテストでJAL財団賞をいただきました。それは大きな驚きでした。その頃から私は俳句に真剣に向き合うようになり、花や木、冬や春について詠み続けました。2022年2月24日、ロシアが私たちの国を攻撃し、新しい現実に目覚めるその日まで。侵攻後も私は作句をやめませんでしたが、私の俳句のテーマは戦争に変化しました。この惨状を俳句という形で記録するために、俳句を詠み続けることの重要性を感じました。もちろん、世界中がニュースで戦争について知っています。しかし、俳句はメディアの報道では感じることのできない繊細なニュアンスを伝えることができます。

私の俳句は両親と愛犬のチワワと約3か月間過ごさなければならなかった地下壕で詠まれました。私の俳句は空襲警報のサイレンと爆発音に面したハルキウの家で詠まれました。私の俳句は避難民として移住を強いられた別の都市で詠まれました。

未来のために、私の作品が私たちの痛みやつらい経験を伝えることができればと、切に願います。そしてここでそれをお伝えできることに心から感謝いたします。翻訳の難しさはあっても、美には言葉の壁はないと信じています。ウクライナ人の私がどうしてロシア語で俳句を詠んだのかと思う方もいるかもしれません。本格的な侵攻の前から、領土的に接しているウクライナの地域ではロシア語は広く使われています。ここでは詳しくは記しませんが、1世紀以上にわたるロシア・ソ連の植民地政策の結果です。子供の頃からウクライナ語は使えますが、ロシア語は私の第一言語でした。多くの同胞がそうしているように、今回のロシアによる軍事侵攻の後で私はロシア語を使うことを諦めました。ですから、出版にあたり、私の俳句はオリジナルの言語であるロシア語の表記となっています。俳句を詠むときは、1行目は5音節、2行目は7音節、というように、必ず 五・七・五の音節を重視しています。それは伝統と「型」へのオマージュです。ウクライナ語はロシア語に非常によく似た言語ですが、残念なことに、ロシア語の俳句をウクライナ語にすると「型」から外れてしまいます。しかし、私はいつか自分で俳句をウクライナ語に翻訳し、すべてのウクライナ人に俳句という素晴らしい詩の美しさを伝えたいと思っています。

しかし今はそれと同じくらい重要な役割を目の前にしています。

私の初めての句集が、まさに俳句発祥の地で出版されることにとてもわくわくしています。読者の方がこの句集に興味を持ってくださることを願っています。この本に目を留めてくださったすべての方を心の中でハグしたい気持ちです。ありがとうございます。

ウラジスラバ・シモノバ

✦目次

✦俳句の言語表記について

本書の俳句はロシア語と日本語の併記です。
著者の生まれ育ったウクライナの都市ハルキウは、ロシアに地理的に近い場所に位置し、ロシア語は著者にとって慣れ親しんだ言語でした。ロシアによるウクライナへの軍事攻撃が激化・長期化する中、著者はロシア語を使うことを諦めました。本書では、14歳で作句を始めた著者が軍事侵攻後も詠み続けたロシア語の俳句のうち、厳選した50句を収録しています。

2. 12. 2013 —

2013年12月2日—

俳句との出会い

凍(い)てつく12月の夜、私は病院のベッドで横たわって、本のページをめくっていました。詩のいろいろな形式について書かれている本でした。退院した患者さんの一人が忘れていったのでしょう。私は西行の短歌や松尾芭蕉の俳句が載っている日本の詩の章に惹かれました。学校の文学の授業でもこうした詩について学んだことはありますが、そのときはまだそれほど心に響きませんでした。

まづ祝へ梅をこころの冬籠り

角川書店『芭蕉年譜大成』(今 栄蔵)

芭蕉自身が声をかけてくれたようでした。まったく楽しくない入院生活の中、この三行詩は希望の光を発していて、またそれでありながら、とても簡潔で素敵でした。短い詩がこんな深さを持てることに感動しました。そして、自分でも書いてみたいと思ったのです。五・七・五のことを読んでから、周りを見渡して、何か俳句の種になりそうなものを探してみました。すでに夜が迫ってきており、隣の棟の窓は次々と暗くなっていきました。とても寂しかったですし、風の音が一層心を締めつけていました。指を折って、私は俳句の音節を数え始めました。

Свет погас в окне,
ветер воет в сумраке.
Он спать не хочет.

02. 12. 2013

冬の風唸る窓の灯消えてより

この句は基準からはほど遠いですが、私にとって大切な思い出になっています。不眠と冬の風しか相手にしてくれない暗い病室の中で作ったこの句こそが、私の道の始まりになったからです。そのとき、私は14歳でした。

Моргает луна
отражением в глазах
старой собаки.

13. 05. 2014

老 犬 の 瞳 に 映 る 月 涼 し

Разлетаются,

как цвет вишни на ветру,

близкие люди.

17. 05. 2014

さくらさくら離れ離れになりゆけり

桜の咲いている期間はとても美しいですが、儚(はかな)いです。咲いたのを見て感動したら、もうあっという間に地面は花びらだらけになります。咲いている桜を眺めて、私たちの人生も短いということを思い出させられます。親しい人たちは、別の町や国に引っ越していったり、ただ単純に別の道を歩んでいったり、あるいはあの世に行ってしまったりして、去っていきます。

戦争の風は人間という花をさらにひどく散らしてしまいました。私の友人や知り合いの多くは、今は何千キロも離れたところにいます。親しい人との別れを強いられていない家庭は、ほぼありません。それでも、私は信じています。また必ず春が来て、桜はかつてないほど美しく咲くのです。

К западу тропа.

Тень моя повзрослела

так незаметно...

19. 07. 2014

西日射す大人となれる影法師

По небу плывёт

меж листвы паутинка.

А завтра — дожди...

06. 08. 2014

蜘蛛の巣の向かうの空よ明日は雨

По крышам гулять

здорово, наверное.

Знает лишь луна.

06. 09. 2014

屋根の上歩いてみたき月夜かな

Пишу на песке.

Вновь утащила волна

хайку в дальний путь.

17. 09. 2014

新涼の波のさらひし五・七・五

Мокрые крыши

в свете луны сияют.

Кошачьи тени.

23. 09. 2014

月光に濡れたる屋根を猫の影

Вооружённый конфликт на востоке Украины

Хозяина ждёт

машина под снегом вся,

а он — на войне...

30. 11. 2014

ウクライナ東部の武力紛争

帰 ら ざ る 兵 士 の 車 雪 し ま く

Мяты аромат.

Самая длинная ночь

идёт на убыль.

21. 12. 2014

一 陽来復香り立つミントティー

Врач сказал: «Иди».

Шишку в больничном дворе

возьму на память.

02. 02. 2015

樅（もみ）ぼくりひとつ拾つて退院す

思春期の頃、かなり深刻な心臓の異常に悩まされるようになりました。たくさんの検査をして、入院も繰り返していました。結局は、心臓疾患が見つかり、手術が必要になるかもしれないということでした。もちろん、手術は想像するだけでとても怖かったです。でも、やはり奇跡は起こるものです。ある検査の後、症状が改善されたからもう手術は必要ないと言われました。その肌寒い2月の朝と、病院を出るときのほっとした気持ちは、よく覚えています。病院の前に、大きなモミの木が何本か立っていましたが、その中の一本の下には、モミぼっくりが落ちていました。何かこの日の記憶を体現するものが欲しかったので、そのモミぼっくりを家に持って帰ったのです。

もちろん、今でも走ったり速く階段を上ったりはできませんが、もう慣れてきました。もしかしたら、前より周りの美しいものに気づけるようになったのは、急がないことを教えてくれた病気のおかげなのかもしれません……。

Кроха-улитка

с рисовое зёрнышко.

Что же снится ей?

27. 03. 2015

かたつむり大きな夢のありさうな

Слышишь, белый кот,

всё равно белей тебя

цвет абрикоса!

16. 04. 2015

白猫よごらん真白き花（はな）杏（あんず）

Деревья в цвету.

Какой холодный ветер —

оглянулась я.

16. 04. 2015

花冷の風に振りむく並木道

Тучи вдаль плывут,

едва лишь задевая

деревце вишни.

16. 04. 2015

花片（はなびら）に触るるばかりに雲流れ

Дождик моросит.

Миска дворового пса,

полная воды.

22. 04. 2015

犬 小 屋 の ボ ウ ル も 春 の 雨 溜 め て

Белый лепесток

приклеился к ботинку.

Пусть так и будет.

03. 05. 2015

真白なる花びら靴につけしまま

Выпала роса.

Так тонко наточена

луна сегодня.

19. 05. 2015

三日月の滴らせたる雫(しずく)かな

Упала звезда

в ковш Большой Медведицы —

рот раскрыв стою.

07. 08. 2015

流星を受けとめてゐるひしやく星

Аромат травы

разбудила собака,

носясь по лугу.

04. 09. 2015

そこここに草の香立てて犬走る

Снова ожила

сухая хризантема

в пиале с чаем.

14. 09. 2015

菊花茶の菊のゆるりとひらきをり

Воду из бочки

хотела ковшом достать

и коснулась дна...

21. 11. 2015

水甕（がめ）の底に触れたる寒さかな

Дождалась солнца —
цветок переставляю
поближе к свету.

29. 01. 2016

花鉢を冬日だまりの真ん中に

Рябь на воде —

трепыхается луна

в сетях рыбачьих.

08. 02. 2016

漁(すなど)りの網にたゆたふ冬の月

Зимнюю реку

оставлю наедине

с вечерним небом.

10. 02. 2016

空と川ひと色にして冬茜

Больничная столовая

Время завтрака.
У белой стены в углу
гибискус расцвёл.

08. 02. 2016

病院の食堂

ハイビスカスひとつ朝食の白い壁

Кажется, летят

прямо на солнечный диск

дикие гуси.

22. 03. 2016

日　輪　へ　水　鳥　翼　広　げ　た　り

Вишня за окном

вся укрылась цветами.

Не дотянуться...

10. 04. 2020

届かざる窓いつぱいの桜かな

Божья коровка

к краю листка доползла

и улетела.

08. 05. 2020

葉先へとそして空へとてんと虫

Война

戦争

Комендантский час.

Никогда не видела

в небе столько звёзд.

24. 02. 2022

冬 の 星 あ ふ れ て 灯 火 管 制 下

戦争は私たちの人生を「前」と「後」に分けました。この句は「後」、すなわちまったく新しい時代 に詠まれた最初の句です。2022年2月24日は、とても長く感じられました。1時間後、2時間後に起きることは、誰にもわかりませんでした。とうとう、暗闇が来ました。外がこんなに暗くなるのは、初めてでした。家の灯(あか)りも、街灯も、何もともされていませんでした。空からの敵の攻撃を難しくするために、街で「灯火管制」が始まったのです。一時的に静かになったとき、私は慎重に窓に近づきましたが、外を見たら、言葉が出なくなりました。以前は星が10個くらいしか見えなかったハルキウの空には、目がくらむほどたくさんの星が輝いていました。恐ろしい戦争が、私に、窓からこんな美しい風景を見る機会を与えたわけです。そのときはなぜか、タイタニック号沈没のことを思い出しました。生き残った人たちは、深夜の海の中で、同じような星空の下で漂流していました。最もつらいときに、私たちの相手になるのは星だけです。涙が出てきました。明日を見ることができるのだろうか……。

Дождик-малютка

на руинах города

чуть слышно плачет.

14. 03. 2022

春霖(しゅんりん)や廃墟となりし街の黙(もだ)

Всё утро сверчок

погибших на войне

оплакивает.

14. 03. 2022

祈るかに悼むかに夜のつづれさせ

※つづれさせ：つづれさせこおろぎのこと。リーリーリーと鳴く。

Комната пуста.

Под осколками стекла —

цветы на ковре.

14. 05. 2022

絨 毯 の 花 に 散 ら ば る ガ ラ ス 片

Вместо грозы —

грохот далёких взрывов.

Время весны.

14. 05. 2022

爆音や春雷の日のよみがへる

Дети играют

бумажными самолётиками.

Бомбоубежище.

14. 05. 2022

地下壕に紙飛行機や子らの春

Даже деревья

этой весной надели

военную форму.

14. 05. 2022

兵（つわもの）のやうに新樹の並び立つ

Разрушенный дом.

Сквозь разбитую крышу

сверкают звёзды.

14. 05. 2022

屋根うちぬかれ満天の星涼し

Со мной в подвале

японские поэты

в виде стопки книг.

14. 05. 2022

地下壕に開く日本の句集かな

Пламя от свечи

дрогнуло на сквозняке.

Комендантский час.

18. 05. 2022

隙間風に揺れる燭（しょく）の火砲撃下

Срезанный куст роз.
В утешение себе
соберу букет.

19. 06. 2022

ミサイルに傷つきし薔薇花束に

Дождик моросит.

Маленькие ботинки

в кровавых пятнах.

19. 06. 2022

雨に転がる血まみれの小さき靴

Чихуахуа

взрывы вражеских ракет

облаивает.

19. 06. 2022

絶え間なき砲撃チワワ吠（ほ）え立てる

夏の丸3か月、私は両親と一緒にハルキウの家で過ごしました。ほぼ毎日、ロシア軍のミサイル攻撃がありました。攻撃の時間帯としては、ハルキウの人々が寝ていて、空襲警報が鳴ってもすぐには地下室に下りられない深夜が多かったです。私たちも爆発音で目が覚めることを何回も経験しました。そういうとき、うちのチワワは跳び起きて、大きな声で吠え立てていたのです。まったく怖がっていないように見える彼の姿に、私は毎回心を打たれていました。体重が二キロしかない小さな犬が、死をもたらす重量二トンのミサイルに立ち向かっているようで、恐ろしい対比でした。

Какое небо!

И ведь с него же на нас

летят ракеты...

19. 06. 2022

真つ青な空がミサイル落としけり

По радио —

воздушная тревога.

Ласточки кружат.

24. 06. 2022

警報の空を旋回つばくらめ

※つばくらめ：つばめ。

Из тёплых краёв

в мой опустевший город

вернулись птицы.

24. 06. 2022

鳥 戻 る 戦 地 と な り し 故 郷 に

Сжала в ладони

осколки от ракеты.

Больно.

27. 06. 2022

握りしめるロケットの破片痛い

Ветер колышет

разорванные шторы.

Полёт бабочки.

01. 07. 2022

引き裂かれしカーテン夏の蝶よぎる

В скверике солдат
раз за разом трогает
свой пустой рукав.

02. 07. 2022

いくたびも腕なき袖に触るる兵

Какая жара!

Вместе с тенью сдвинулся

продавец цветов.

25. 07. 2022

木蔭から木蔭へ花を売る男

Сияние звёзд:

будто огни города

ушли на небо.

26. 07. 2022

街の灯の消えハルキウの星月夜

対談

セルギー・コルスンスキー
駐日ウクライナ特命全権大使

×

黛まどか

2022年11月19日　京都・慈受院門跡にて

大使　実は、今日、天皇陛下に信任状をお渡ししてからちょうど2年になります。
黛　そうでしたか。戦争が始まる前と始まってからでは大使のお仕事もまったく違うものになったのではないでしょうか。
大使　私共外交官の仕事は本来、国と国の関係づくりを行う、つくる仕事、建設的な仕事です。残念なことに今年は戦う仕事をやらざるを得ないという状況です。
黛　フェイスブックを拝見していると、大使は日々精力的に人と会われて、祖国のために尽力されています。また、国内外のウクライナの方たちが、いろいろな形で祖国を守るために戦っていることがよくわかります。
大使　私たちにとって、この現実に適応することはとてもつらいことです。そしてこの世界がこんなにも壊れやすいものであり、「今」を生きなければならないということを実感します。
黛　仏教の禅に「いま、ここ」という考え方がありますが、逆に今の日本人がそれを忘れていると思います。
大使　私共も実はそういうことを考えていませんでした。しかし今は非常に敏感に感じています。暖かい家で子供たちが食事を待っているという何気ない日常を、ミサイルの攻撃によって一瞬で失ってしまうという現実に直面しています。
黛　ウクライナ侵攻によって、日本も明日どうなるかわからないという現実を突きつけられました。そして「いま、ここ」がいかに尊いかということも再認識させられました。

　ウラジスラバさんは「自分は詩人なので、ウクライナにとどまり、俳句によって戦争の悲惨さを世界に訴え続ける」と言っています。「ある日突然戦乱によってのみ込まれてしまった日常の切なさを」と。実際日々砲撃されている状況下で俳句を詠み続けることは、想像を絶することだと思います。詩人として心から敬意を表します。

大使　彼女が俳句という表現の形を選んだのも貴重なことだと思います。

黛　今年（2022年）の3月、京都×俳句プロジェクトを通じて「Haiku for Peace」を掲げ、世界に向けて俳句の募集を始めました。俳句は食料のように直接的な支援にはなりませんが、平和を願う思いが一つになり、大きな力になると信じています。

大使　文化支援は武器や食料と同じくらい大事です。戦時下に文化、心、教育の発展がなければ、何のための勝利か。俳句は短い分、強い印象を残すものだと思います。

黛　そうですね。俳句は豊かな余白を含んでいます。俳句は短いのですべてを言い尽くせません。言い尽くさないと言ったほうが正しいかもしれません。その代わり、余白にイメージが広がります。読者はその余白に想像力を働かせて、句の背景や作者の心に思いを馳(は)せます。

大使　違う人が同じ俳句を読んだら浮かぶ絵は違うものでしょうか。

黛　人それぞれ自分の経験に照らし合わせて解釈していくので少しずつ違いはありますが、句の核となるものは共有できます。言葉で説明しない分、読者は考えさせられますし、内観にもつながります。だからこそ作者と深いところで共感するのです。

大使　大変興味深いです。哲学にも余白は必要なんですよ。今、私たちは、戦後のウクライナをどういうものにしたいかを皆考えています。例えば50年前のことを思い出してみると、なんと素晴らしい世界だったかと思います。ただしそれはもう過去のことで、余白は残されていません。ですから、今の私たちの挑戦というのは、過去ではなくて将来にあります。戦争は私たちから過去を奪いました。しかし、我々から将来を奪わない、奪わせないことが重要です。そして今、多くの可能性を選ぶとき、正しく選択するのはとても重要です。そして残念なことに「いま、ここ」がすべてだという理解がウクライナ、そしてヨーロッパのメンタリティには足りていないのではと思います。

黛　日本の文化は「引き算の文化」といわれています。

大使　引き算、マイナスの引き算。

黛　ええ。できるだけ引き算をしてスペースをつくるのが日本の文化です。数学者に引き算の話をするのも釈迦に説法ですが。

大使　とてもおもしろいアイデアです。

黛　例えば生け花（華道）は空間を花で埋めつくしません。いかに引いて空間をつくるか。私たちにとってはその空間も生け花の大事な作品の一部なんです。つまり余白によって花を引き立たせるのです。

大使　どれを引けば空間があくと……。

黛　そのためには「型」が重要です。柔道も空手も俳句も庭づくりも、日本の文化には押しなべて「型」があります。その「型」を守りながら自分の個性を出していきます。

生け花のプロフェッショナルの方が、「私は花を活けるときに花は見ていない」と言うのです。もちろん花は見ていると思うのですが、翻せば花を活けることによってできる空間のほうがむしろ重要だということなのです。

大使　素晴らしいアイデアです。

黛　大使に一つ質問があるんですが、日本の数学者で岡潔さんという方がいます。数学の「多変数複素関数論」という分野で長年未解決だった三大問題を解いた方なんですが。

大使　三大問題？

黛　はい。その三大問題を解く前に、一年間数学をやめて松尾芭蕉の俳句をずっと読み続けたそうなのです。後の数学者が言うには、俳句と数学には共通するものがあると。美しいものを美しいと感じる心が数学を解くのだというのですが。

大使　もちろんです。数学は美、美しさと同じように、それが見えるかどうかによって存在するものではなくて、客観的にそこに存在するものです。ある人がこのお庭を見て、ただの木とただの石がある、と言ったとします。ここに美しさ、美があっても、その人には見えないわけですね。数学も一緒です。

黛　なるほど。

大使　（ピエール・ド・）フェルマーという数学者がいました。

彼は、古代ギリシアの数学者ディオファントスの著作『算術』を読み、その本の余白に次のようなことをメモ書きしました。nが2より大きい自然数の場合は解が得られない。私は真に驚くべき証明を見つけたが、この余白はそれを書くには狭すぎる、と。しかしこのメモは後に一人の数学者が現れるまで解決が不可能なほど難解でした。「フェルマーの最終定理」です。一方ではとても簡単に見える問題が他方では解決が難しい。美と数学ということの共通点は、現実の基礎として常にここにあるということではないでしょうか。

美、美しさというのはすべてのものと生き物、現象の中にある一番重要な本質だと思います。わかる人には、その意味が見えてくるんですね。数学も同じです。やはり発見は難しいかもしれないですけれども、そこにあるんです。数学が嫌いな人に私がいつも言うのは、それはあなたが数学がわからないからです、もしわかれば好きになります。

黛　もっと早くに伺っていれば数学が好きになっていたかもしれません。

大使　実は多くの人に言われます。

黛　お話を伺っていて、芭蕉の「古池や蛙（かわず）飛びこむ水の音」を思い出しました。言葉の意味だけで言えば、古い池に蛙が一匹飛び込みました、ということです。人によっては、「それでどうしたの？」で終わってしまうかもしれません。でも人によっては、そこから感じ取るものが尽きないほど、深遠で幽玄な世界です。

大使　そうです。その美しさが見えるか見えないかということです。日本語訳はわかりませんが、（今見せていただいた）ウラジスラバさんの俳句の英語訳はとても美しいと思います。
黛　今、日本語訳を十数名の女性の俳人で行っています。ウラジスラバさんの真意から離れないことと、日本人の読者の心に響く俳句に仕上げることの両方を大事にしています。リモートで会議を重ね、ウクライナ人やロシア語話者の方に相談しながら慎重に丁寧に訳しています。600句以上の句の中から70句まで絞り込みました。最終的には50句まで絞ります。
大使　ここが引き算だということがよくわかりました。
率直に申し上げますが、日本でウクライナの詩人による俳句集が出版されるとは極めて光栄なことです。俳句がとても特別な芸術であるからです。句集の刊行を心待ちにしています。

監修にあたって

黛まどか

「『私は詩人。破壊と死を見続けることはつらい』。だからこそ今、俳句で世界に伝えたい。戦乱にのみ込まれた日常の切なさを」。あるインタビュー記事（中日新聞）が目に留まった。昨年の3月のことだ。それは戦禍のウクライナ・ハルキウの地下壕で俳句を詠み、世界へ発信し続けるウラジスラバ・シモノバさんの言葉だった。

今、俳句（HAIKU）は、世界70か国以上で親しまれている。ウクライナでも俳句をはじめ日本食、映画、アニメなどの日本文化が人気で、俳句は中学校で学ぶという。

俳句は世界一短い文学だが、思いが集まれば大きな言霊になり、停戦への一助になるのではないか。

2022年3月、ウクライナ侵攻が始まった翌月、有志と共に「Haiku for Peace」を立ち上げ、「平和」をテーマに世界へ投句を呼びかけた。予想を超える反応があり、48か国（15言語）からで約1100句が寄せられている。

中日新聞を通じてウラジスラバさんにコンタクトを取ると、ほどなく「Haiku for Peace」に14句が送られてきた。そこから彼女との交流が始まった。ロシアとの国境に近い東部ハルキウでは多くの人がロシア語を話す。また彼女が初めて俳句と出会ったのもロシア語のテキストだった。本書の原句がロシア語表記である所以だ。メールのやりとりを通じて、14歳で松尾芭蕉や与謝蕪村の俳句に出会い感銘を受けて作句を始めたこと、すでに700近い句を詠んでいること、そしていつか句集を出すのが夢だということを知った。

私は彼女の句集の刊行を思い立った。それは単に一個人の夢を叶(かな)えるだけでなく、俳句を通して日常における戦争の悲惨さを伝えることでもある。まず、独りよがりの解釈に陥らないよう十数名の女性俳人と翻訳チームを結成した。さらに、句の背景を知るウクライナ人、ロシア語を母語とするロシア人にも参加してもらった。メールやオンラインで幾度も打ち合わせをし、7か月間かけて丁寧に選句と翻訳、推敲を重ねた。

街の灯の消えハルキウの星月夜

ウラジスラバ

灯火管制により満天の星が輝く様子を詠んだ掲句は、原爆投下後の広島で詠まれた俳句を想起させた。

広島や一燈もなく天の川

中井只人　句集『広島』より

日本の戦時下（日中戦争、第二次世界大戦）にも、前線で銃後で多くの俳句が生まれた。どんなに過酷な状況にあっても、星や花など自然を美しいと思うのは、時代・国を超えて普遍的だ。生き物としての人間が、そこに一つ「命の根源」を感じるからではないか。

地 下 壕 に 紙 飛 行 機 や 子 ら の 春

ウラジスラバ

爆撃を受けながらも作句を続け、日の差さない地下壕に春を感受して生きる。決して戦争に翻弄されない、戦争一色にのみ込まれないという覚悟が見える。これは庶民による詩人たちによる非暴力の抵抗に他ならない。

本書の出版にあたっては、在日ウクライナ大使館に惜しみないご協力とご支援をいただいた。記して御礼申し上げたい。

対談した折のコルスンスキー大使の言葉が忘れられない。「戦時下に文化、心、教育の発展がなければ、何のための勝利か」。

2023年6月21日

黛まどか

おわりに

いつもそばにいてくれる両親を含め、私の詩の道を助けてくれているすべての人に感謝します。秋田国際俳句ネットワークの創設者兼事務局長である蛭田秀法氏の親切なご指導により、私は俳句の最初の一歩を踏み出すことができました。

また、セルギー・コルスンスキー駐日ウクライナ特命全権大使、俳人の黛まどか氏、そしてこの本の制作に携わるすべての方々に感謝します。

出版してくださった集英社インターナショナルにも感謝いたします。

この句集を世に出してくださったすべてのご尽力に御礼申し上げます。

Afterword

Thanks to everyone who helped and is helping me on my poetry way, including my parents, for always being there for me. Special thanks to Founder & Secretary General at Akita International Haiku Network, Mr. Hidenori Hiruta, for his kind mentoring, which guided me to take my first steps in haiku. Also, I am very grateful to the Ambassador Extraordinary and Plenipotentiary of Ukraine to Japan, Mr. Sergiy Korsunsky, poet Ms. Madoka Mayuzumi and all the team who made this book have been released. Also, I would like to thank Shueisha International for publishing. I appreciate all these efforts that helped to bring this collection to the world.

✦ Special Thanks ✦

協力

在日ウクライナ大使館

中日新聞社

京都×俳句プロジェクト

俳句座☆シーズンズ

真莉愛

ガリーナ・シェフツォバ

•

編集

丸山弘順

•

デザイン

井原靖章

•

コーディネーター

苫名知美（黛まどか事務所）

•

撮影

Andrii Gryshaev（64p, 71p）

Yevhen Rozenfeld（83p）

✦プロフィール

ウラジスラバ・シモノバ（Vladislava Simonova）

1999年ウクライナ・ハルキウ生まれ。プログラミングと写真撮影をたしなむ。14歳から俳句を始め、ウクライナ語とロシア語で詩を詠んでいる。第8回秋田国際俳句コンテスト（英語部門・学生）入選、第7回日露俳句コンテスト（ロシア語部門・学生）JAL財団賞受賞。秋田国際俳句ネットワークウェブサイト、秋田国際俳句ジャーナル『Serow（カモシカ）』、中日新聞、NHK、NHK国際放送、京都×俳句プロジェクトホームページ・SNS等に俳句掲載。

黛まどか（まゆずみ・まどか）

俳人。神奈川県生まれ。2002年、句集『京都の恋』で第2回山本健吉文学賞受賞。2010年4月より一年間文化庁「文化交流使」として欧州で活動。スペイン・サンティアゴ巡礼路、韓国プサン−ソウル間、四国遍路など踏破。「歩いて詠む・歩いて書く」ことをライフワークとしている。オペラの台本執筆、校歌の作詞など多方面で活躍。2021年より「世界オンライン句会」を主宰。現在、北里大学・京都橘大学・昭和女子大学客員教授。著書に、句集『北落師門』（文學の森）、随筆『暮らしの中の二十四節気 丁寧に生きてみる』（春陽堂書店）、『引き算の美学』（毎日新聞社）、紀行集『奇跡の四国遍路』（中公新書ラクレ）など多数。

【参考資料】ウクライナ近現代史

1917–21年	ウクライナ独立戦争。
1922年	ソビエト連邦（ソ連）の構成共和国となる（～ 91年）。
1932–33年	ホロドモール（ウクライナで発生した大飢饉）。 ソ連の収穫物収奪により300万人以上が餓死。
1939–45年	第二次世界大戦。キーウ、ハルキウ等が激戦地となり、終戦までに数百万の住民が犠牲に。
1945年	東西冷戦が開始。
1954年	クリミア半島の帰属がソ連からウクライナに変更。
1986年4月	チョルノービリ原発事故。10万人以上が避難。
1991年12月	ソ連崩壊。ウクライナ独立。
2014年3月	ロシア、クリミア半島を一方的に編入。
2019年5月	ウォロディミル・ゼレンスキーが大統領に。
2022年2月	ロシア、一方的にウクライナ東部2州を国家承認。 「ドネツク州」と「ルガンスク州」。 ロシア軍がウクライナ侵攻を開始。
2022年8月	ウクライナの国外難民1000万人超と発表。
2022年9月	ロシア、「ドネツク州」「ルガンスク州」に加え、「ヘルソン州」「ザポロジエ州」の併合を宣言。4州の親ロシア派代表と併合条約に署名。

ウクライナ、地下壕(ちかごう)から届(とど)いた俳句(はいく)

ザ ウイングス オブ ア バタフライ
The Wings of a Butterfly

2023年8月30日　第1刷発行

著 者　ウラジスラバ・シモノバ
監 修　黛(まゆずみ) まどか

発行者　岩瀬 朗
発行所　株式会社 集英社インターナショナル
〒101-0064　東京都千代田区神田猿楽町1-5-18
電話：03-5211-2632
発売所　株式会社 集英社
〒101-8050　東京都千代田区一ツ橋2-5-10
電話：読者係　03-3230-6080
販売部　03-3230-6393（書店専用）

印刷所　大日本印刷株式会社
製本所　ナショナル製本協同組合

ISBN978-4-7976-7434-7 C0098